AF346429

Vente le Lundi 16 Mars 1874.

HOTEL DROUOT, SALLE N° 8.

SUCCESSION DE M. DAVIN

TABLEAUX

MODERNES

COMMISSAIRES-PRISEURS :

Mᵉ CHARLES PILLET, | Mᵉ BEGUIN
10, rue de la Grange-Batelière. | 28, rue Neuve-des-Petits-Champs, 28.

EXPERT :

M. HARO, Peintre, Chevalier de la Légion d'honneur,
14, rue Visconti, et rue Bonaparte, 20.

Paris 1874

CATALOGUE

DE

TABLEAUX

MODERNES

DÉPENDANT

De la Succession de M. DAVIN

DONT LA VENTE AURA LIEU

HOTEL DROUOT, Salle n° 8

LE LUNDI 16 MARS 1874

A deux heures et demie.

EXPOSITIONS :

PARTICULIÈRE : LE SAMEDI 14 MARS 1874.

PUBLIQUE : LE DIMANCHE 15 MARS 1874.

De une heure à cinq heures.

COMMISSAIRES-PRISEURS :

Mᵉ CHARLES PILLET,
10, rue de la Grange-Batelière.

Mᵉ BEGUIN,
28, rue Neuve-des-Petits-Champs.

EXPERT

M. HARO, Peintre, Chevalier de la Légion d'honneur,
14, rue Visconti et rue Bonaparte, 20.

CONDITIONS DE LA VENTE

Elle sera faite au comptant.

Les acquéreurs payeront *cinq pour cent* en sus des adjudications.

COMMISSAIRES-PRISEURS :

Mᵉ CHARLES PILLET,
10, Rue de la Grange-Batelière, 10.

Mᵉ BEGUIN,
28, rue Neuve-des-Petits-Champs.

EXPERT :

M. HARO, Peintre,
14, Rue Visconti, et rue Bonaparte, 20.

Chez lesquels se distribue le présent Catalogue.

Paris. — Typ. PILLET fils aîné, 5, rue des Grands-Augustins.

DÉSIGNATION

ALBANE

1. *Repos de la Sainte Famille.*

   Vente du cardinal Fesch.

   Toile. Haut., 78 cent.; larg., 97 cent.

BERGUE

(TONY DE)

2. *L'Amateur de Tableaux.*

   Signé à gauche.

   Bois. Haut., 32 cent.; larg., 41 cent.

BRENDEL

3. Bergerie.

Signé à droite et daté.

Toile. Haut., 77 cent.; larg., 1 m. 10 cent.

CARAUD

(J)

4. Intérieur de Harem.

Signé à gauche et daté 1853.

Toile. Haut., 1 m. 08 cent.; larg., 88 cent.

CARAUD

(J.)

**5. La Lecture chez la reine Marie-Antoi-
nette par la princesse de Lamballe.**

Signé à gauche et daté 1858.

Toile. Haut., 87 cent.; larg., 70 cent.

CARAUD
(J.)

6. *La Marguerite.*

Signé à droite et daté.

Toile. Haut., 65 cent.; larg., 54 cent.

DECAMPS

7. *Jésus et la Samaritaine.*

6. Et là estoit une fontaine de Jacob. Jésus donc, lassé du chemin, estoit assis sur la fontaine : c'estoit environ les six heures.

7. Une femme vint de Samarie pour puiser de l'eau. Jésus luy dit : « donne-moi à boire. »

(Evangile selon saint Jean, chap. IV.

Dans un paysage dont les collines boisées se profilent sur un ciel brillant, non loin de la ville de Samarie, la Samaritaine s'agenouille devant Jésus, assis près d'une fontaine. Les disciples, mêlés à des bergers et à des laveuses portant des corbeilles sur leur tête, « s'émerveillent de ce qu'il parle à une femme. »

Signé : D. C. à droite.

Figures de 14 cent. Toile. Haut., 68 cent.; larg., 1 mètre.

DESJOBERT

8. *Paysage sous bois.*

Signé à gauche et daté 1855.

Bois. Haut., 37 cent. ; larg., 66 cent.

DIAZ

9. *Le Zéphir.*

Bois. Haut., 21 cent. ; larg., 16 cent.

LAUGÉE

10. *Christophe Colomb recevant l'hospitalité dans le couvent de Sainte-Marie de Rabida.*

Signé à droite et daté 1857.

Toile. Haut., 81 cent.; larg., 1 m. 02 cent.

LONGUET

2.010.

11. *Le Repos des Bohémiens.*

Signé et daté 1850.

Toile. Haut., 45 cent.; larg., 55 cent.

MARILHAT ᴇᴛ TROYON

5.000.

12. *Le Ravin.*

Signé à gauche Marilhat et Troyon.
Dans ce tableau fait en collaboration par ces deux artistes, le paysage a été peint par Marilhat et les animaux par Troyon.

Bois. Haut., 76 cent.; larg., 63 cent.

MARILHAT

13. *Vue d'Orient.*

Étude d'après nature.
Signé à gauche.

Toile. Haut., 45 cent.; larg., 55 cent.

MICHEL ET DE MARNE

2.300.

14. *Paysage* (effet d'orage).

> Les petites figures qui animent ce paysage ont été
> peintes par De Marne.
> Signé Michel, sur un tronc d'arbre.
>
> Toile. Haut., 75 cent.; larg., 99 cent.

NODE

(CHARLES)

1.500.

15. *Fruits et Fleurs*.

> Signé à droite et daté 1849.
>
> Toile. Haut., 1 m. 06 cent.; larg., 81 cent.

NOTERMANN

940.

16. *Une réussite* (singe et chiens).

> Signé à gauche.
>
> Bois. Haut., 57 cent.; larg., 90 cent.

PAPETY

17. *Tête d'homme* (étude).

Toile. Haut., 38 cent.; larg., 28 cent.

ROQUEPLAN

(CAMILLE)

18. *La Fontaine de Biarritz.*

Signé à gauche.

Toile. Haut., 52 cent.; larg., 76 cent.

ROQUEPLAN

(CAMILLE)

19. *La Récompense.*

Signé à gauche.

Toile. Haut., 49 cent.; larg., 34 cent.

TASSAERT

(OCTAVE)

20. *La Tentation de saint Hilarion.*

Signé et daté 1857.

Toile. Haut., 72 cent.; larg., 91 cent.

TASSAERT

(OCTAVE)

21. *Mort de la Madeleine.*

Signé et daté 1867.

Toile. Haut., 73 cent.; larg., 58 cent.

TASSAERT

(OCTAVE)

22. *Pygmalion et Galathée.*

Signé et daté de 1855.

Toile. Haut., 45 cent.; larg., 37 cent.

TASSAERT

(OCTAVE)

23. *Esméralda enfant.*

Signé à droite et daté 1855.

Toile. Haut., 53 cent.; larg., 46 cent.

TASSAERT

(OCTAVE)

24. *Rêve de la France.*

Souvenir de la translation des cendres de
Napoléon Ier.
Signé et daté 1853.

Toile. Haut., 72 cent.; Larg., 59 cent.

TASSAERT

(OCTAVE)

25. *Assomption de la Vierge.*

Signé et daté 1858.

Toile. Haut., 55 cent.; larg., 45 cent.

TESSON

(L.)

26. *Une rue à Alger.*

Signé à gauche.

Toile. Haut., 45 cent.; larg., 37 cent.

TESSON

(L.)

27. *Le Café turc.*

Signé à droite.

Toile. Haut., 46 cent.; larg , 64 cent.

TESSON

(L.)

28. *École turque.*

Signé à droite.

Toile. Haut., 47 cent.; larg., 66 cent.

TESSON

(L.)

29. *Musicien arabe.*

Signé à droite.

Bois. Haut., 21 cent.; larg., 16 cent.

TROYON

30. *Plaine de la Touque, Normandie.* (Paysage et animaux.)

Dans la prairie de la Touque paissent de nombreux troupeaux; au premier plan, une belle vache blanche, etc., etc.; à droite, un berger assis sur un tronc d'arbre; au loin, à l'horizon, des collines boisées.

Belle composition d'un grand sentiment de nature. Tableau important dans l'œuvre du maître si justement recherchée.

Signé à gauche et daté 1855.

Toile. Haut., 99 cent.; larg., 1 m. 48 cent.